GOODNIGHT PANDA

When the sun goes down at the zoo and all the visitors go home, the animals prepare to go to bed.

Quando o sol se põe e os visitantes do zoológico vão embora, os animais se preparam para dormir.

"Panda, é hora de ir para a cama!" diz Mamãe. Panda não quer dormir, então decide se esconder com os outros animais com cores preto e branco do zoológico.

Panda loves to swim. He finds his friend Orca in the big pool nearby. "Orca, can I swim with you?" asks Panda.

Panda adora nadar. Então procura a sua amiga Orca na grande piscina que fica ali perto. "Orca, posso nadar com você?" pergunta Panda.

But Panda realizes that he can't hold his breath for so long!
He goes to look for some place drier.

Panda remembers that the Zebras are also black and white.
"Can I eat with you?" asks Panda.

Panda lembra que as zebras também tem as cores preto e branco. "Posso comer com vocês?" indaga Panda.

Mas Panda não gosta do sabor do capim! Ele prefere o bambu que come na sua casa.

Panda goes to his friends, the Penguins. "Look at me! I can stand on my own two feet just like you!" says Panda.

Panda procura seus amigos Pinguins. "Vejam só! Eu consigo andar sobre duas patas assim como vocês" diz Panda.

But it is too cold! Panda wants to find some place warmer.

Panda's friend, Ostrich, says that he can hide by putting his head in the sand! "Just try it out!" says Ostrich. But it is too dark and scary under the sand!

A sua amiga Avestruz sugere que ele se esconda colocando a cabeça na areia! "Você pode tentar!" diz Avestruz. Mas é muito escuro embaixo da areia e Panda fica com medo!

Panda está exausto depois de tantas aventuras. "Onde posso encontrar um lugar confortável para descansar?" indaga Panda.

Panda finds the perfect spot! It isn't too cold, isn't too wet, isn't too dark, and has his favorite food! Panda falls asleep. Mama has been home the whole time. When she goes to kiss him goodnight, she sees that he is already asleep in his bed.

Panda acha o lugar perfeito! Não é muito frio, nem muito molhado, nem muito escuro e tem a sua comida favorita! Panda cai no sono. Mamãe esteve em casa durante todo esse tempo. Quando ela vai dar um beijo de boa-noite, ela vê que Panda já está dormindo na sua cama!

"Goodnight, Panda!"

"Boa noite Panda!"

Made in the USA
Monee, IL
13 May 2021